U0153274

日語單字速讀 行

日語編輯小組　主編

附贈MP3

書泉出版社 印行

行 日語單字速讀

Transport

日語單字速讀

交通工具

Transport

交通工具

❶空中交通工具

飛機	ひこうき 飛行機 ②
水上飛機	すいじょうひこうき 水上飛行機 ⑥、 すいじょうき 水上機 ③
客機	りょかくき 旅客機 ③
空中巴士	エアバス ⓪③
協和號客機	コンコルド ③
噴射機	き ジェット機 ③
超音速噴射機	ちょうおんそく き 超音速ジェット機 ⑦
滑翔機	グライダー ②、 かっくうき 滑空機 ③

交通工具

直昇機	ヘリコプター ③
垂直起降機	すいちょくりちゃくりくき 垂直離着陸機 ⑧、 き ブイトール機 ⑤
撲翼機	オーニソプター ④
飛行傘	パラセーリング ③
滑翔翼	ハンググライダー ⑤
飛行傘	パラグライダー ④
飛行船	ひこうせん 飛行船 ⓪
熱氣球	ねつききゅう 熱気球 ③
軍用飛機	ぐんようき 軍用機 ③

交通工具

戰鬥機	せんとうき 戦闘機 ③
轟炸機	ばくげきき 爆撃機 ④③
偵察機	ていさつき 偵察機 ④③
太空梭	うちゅうせん 宇宙船 ⓪

交通工具

❷陸上交通工具

人力	じんりき 人力 [0][1]
直排輪	ローラースケート [6]
滑板	スケートボード [5]
滑板車	スクーター [0][2]
人力車、黃包車	じんりきしゃ 人力車 [0]
單輪車	いちりんしゃ 一輪車 [3]
三輪車	さんりんしゃ 三輪車 [3]
嬰兒車	うばぐるま 乳母車 [3]
輪椅	くるまいす 車椅子 [3]
電動輪椅	でんどうくるまいす 電動車椅子 [7]

交通工具

自行車、腳踏車	じてんしゃ 自転車 [20]
犁仔卡、手拉車	リヤカー [3][2]
城市自行車	シティサイクル [3]、ママチャリ [0]
時尚自行車	ファッションサイクル [5]
迷你型自行車	ミニサイクル [3]
摺疊自行車	お たた じてんしゃ 折り畳み自転車 [7]
兒童用自行車	こどもしゃ 子供車 [3]
競賽用自行車	きょうぎようじてんしゃ 競技用自転車 [6]
公路自行車	ロードバイク [4]

交通工具

運動用自行車	スポーツ用自転車[9]（ようじてんしゃ）
旅行自行車	ツーリング自転車[7]（じてんしゃ）
租借用自行車	レンタサイクル[4]
手搖自行車	ハンドサイクル[4]
協力車	タンデム自転車[6]（じてんしゃ）
越野車	マウンテンバイク[6]
公路越野車	シクロクロス[4]
汽車	自動車[20]（じどうしゃ）
小型汽車	軽自動車[4]（けいじどうしゃ）
雙人汽車	二人乗り自動車[6]（ふたりの　じどうしゃ）

交通工具

轎車	乗用車[3]、 セダン[1]
禮車	リムジン[1]
跑車	クーペ[1]
硬頂車	ハードトップ[4]
敞篷車	オープンカー[3][5]
斜背式轎車	ハッチバック[4]
掀背式轎車	リフトバック[4]
手排車	マニュアル車[0][4]
自排車	オートマチック車[7]
跑車	スポーツカー[4][5]

交通工具

旅行車	ワゴン車[2]、ステーションワゴン[6]
廂型車	ミニバン[0]、ワンボックスカー[6][7]
前輪驅動車	FF車
後輪驅動車	FR車
四輪驅動車	四駆[0][1]、四輪駆動[5]、4WD
電動車	電気自動車[5]
賽格威電動代步車	電動立ち乗り二輪車[10]
混合動力車	ハイブリッドカー[7]

交通工具

休旅車	レクリエーショナルビークル⑨、レジャービークル⑤
運動越野車	スポーツユーティリティビークル⑪
速克達	スクーター⓪②
摩托車	オートバイ③、バイク①
電動摩托車	でんどう 電動スクーター⑥
重型機車	おおがたじどうにりんしゃ 大型自動二輪車⑨
雪上摩托車	スノーモービル④
三輪摩托車	さんりん オート三輪④
電單車、 電動自行車	でんどうじてんしゃ 電動自転車⑥

交通工具

電動自行車	でんどう 電動アシスト じてんしゃ 自転車 10
輕型機車	げんどうきつ じてんしゃ 原動機付き自転車 9
吉普車	ジープ 1
露營車	キャンピングカー 5 6
右側駕駛車	みぎ しゃ 右ハンドル車 6
中古車	ちゅうこしゃ 中古車 03
公用交通工具	こうつうきかん 交通機關 6 5
計程車	タクシー 1
小巴士	ミニバス 0

交通工具

公車、巴士	路線バス[4]、定期バス[4]、バス[1]
低底盤巴士	低床バス[5]
遊覽車	観光バス[5]
雙層巴士	二階建てバス[6]
火車、列車	列車[0][1]
火車頭	機関車[2]
電動火車頭	電気機関車[5]
蒸汽火車	汽車[2]
客車	客車[0]
磁浮列車	リニアモーターカー[6][8]

高速列車	こうそくれっしゃ 高速列車 [5]
貨運火車	かもつれっしゃ 貨物列車 [4]
高速鐵路	こうそくてつどう 高速鉄道 [5]
電車	でんしゃ 電車 [0][1]
無軌電車	トロリーバス [5]
單軌電車	モノレール [3]
登山電車	ケーブルカー [4]
路面電車	ろめんでんしゃ 路面電車 [4]
地下鐵	ちかてつ 地下鉄 [0]、サブウエー [1][4]、メトロ [1]
（民營）地下鐵	してつ　みんてつ 私鉄 [0]、民鉄 [0]

交通工具

空中纜車	ロープウエ― ③⑤
滑雪纜車	チェアリフト ④
貨車	かしゃ 貨車 ①
小貨車	ワゴン ①、 ライトバン ⓪
卡車、貨車	トラック ②
貨卡車	ピックアップ トラック ⑧
卡車 （有前引擎蓋）	ボンネット トラック ⑦
自動傾卸式 卡車	ダンプカー ③④
冷凍車	れいとうしゃ 冷凍車 ⓪

油罐車	タンクローリー[4]、タンクトラック[5]
運水車	きゅうすいしゃ 給水車[3]
灑水車	さんすいしゃ 散水車[3]
水肥車	バキュームカー[4][5]
垃圾車	せいそうしゃ 清掃車[3]、 しゅうしゅうしゃ ごみ収集車[5]
拖吊車	レッカー車[3] しゃ

交通工具

❸海上交通工具

船	ふね 船 $\boxed{1}$
小船	ボート $\boxed{1}$ 、 こぶね 小船 $\boxed{0}$ 、 たんてい 短艇 $\boxed{0}$
獨木舟	カヌー $\boxed{1}$
水翼船	すいちゅうよくせん 水中翼船 $\boxed{5}$
帆船	はんせん 帆船 $\boxed{0}$ 、 ほまえせん 帆前船 $\boxed{0}$
帆船 （中國式）	ジャンク $\boxed{1}$
汽艇	モーターボート $\boxed{5}$
輪船、汽船	きせん 汽船 $\boxed{0}$

交通工具

拖船	タグボート [3]、 ひ ぶね 引き船 [0]
油輪	ゆそうせん 油槽船 [0]、 せきゆ 石油タンカー [4]
客船	きゃくせん 客 船 [0]、 りょきゃくせん 旅 客 船 [0]
氣墊船	ホーバークラフト [6]
渡輪	フェリーボート [4]
遊艇、 競賽用帆船	ヨット [1]
遊覽船	ゆうらんせん 遊覧船 [0]
救生艇	きゅうめいてい 救 命 艇 [0]、 きゅうめい 救命ボート [5]、 ライフボート [4]

交通工具

貨船	かもつせん 貨物船 ⓪
貨櫃船	せん コンテナ船 ⓪
漁船	ぎょせん 漁船 ⓪
捕鯨船	ほげいせん 捕鯨船 ⓪
軍艦	ぐんかん 軍艦 ⓪
巡洋艦	じゅんようかん 巡洋艦 ⓪、 クルーザー ⓪②
砲艦、砲艇	ほうかん 砲艦 ⓪
航空母艦	こうくうぼかん　　　くうぼ 航空母艦 ⑤、空母 ①
魚雷快艇	すいらいてい 水雷艇 ⓪
掃雷艇	そうかいてい 掃海艇 ⓪

交通工具

驅逐艦	くちくかん 駆逐艦 ⓪
潛水艇	せんすいかん 潜水艦 ⓪

搭乘交通工具

Transport

搭乗交通工具

❶搭機用語

出入境管理局	入管[0]、 入国管理局[7]
機場	空港[0]、 エアポート[3]
國內機場	国内空港[5]
國際機場	国際空港[5]
機場稅	空港税[3]
航空站	エアターミナル[3]
跑道	滑走路[3]
停機庫	格納庫[3]
停機坪	エプロン[1]

搭乗交通工具

塔臺	かんせいとう 管制塔 0
機場航站大樓	ターミナルビル 6
旅行社	りょこうだいりてん 旅行代理店 0
航空公司	こうくうがいしゃ 航空会社 5
廉價航空公司	かくやすこうくうがいしゃ 格安航空会社 9
機票	こうくうけん 航空券 0 3
廉價機票	かくやすこうくうけん 格安航空券 0
電子機票	でんしこうくうけん 電子航空券 0
旅行支票	トラベラーズチェック 7、 りょこうこぎって 旅行小切手 5

搭乘交通工具

劃位	チェックイン ③④
訂位	よやく 予約 ⓪
確認訂位	よやく　さいかくにん 予約の再確認 ⑦
航班號碼	びんめい 便名 ⓪
國內線	こくないせん 国内線 ⓪
國際線	こくさいせん 国際線 ⓪
包機航班	びん チャーター便 ⓪
登機證	とうじょうけん 搭乗券 ⓪
登機櫃檯	チェックイン カウンター ⑥
登機時間	とうじょうじこく 搭乗時刻 ⑤

出發時間	しゅっぱつじこく 出発時刻 5
出境大廳	しゅっぱつ 出発ロビー 5
入境大廳	とうちゃく 到着ロビー 5
候機室	とうじょうまちあいしつ 搭乗待合室 7
登機門	とうじょう 搭乗ゲート 5
手提行李	てにもつ 手荷物 2、 バゲージ 1
隨身行李	きないも ご 機内持ち込み てにもつ 手荷物
行李箱	トランク 2
行李牌	にもつあず しょう 荷物預かり証

搭乘交通工具

手提行李檢查	手荷物検査 (てにもつけんさ) ⑤
海關	税関 (ぜいかん) ⓪
檢疫所	検疫所 (けんえきしょ) ⓪
免稅商店	免税店 (めんぜいてん) ⓪③
免稅品	免税品 (めんぜいひん) ⓪
簽證	ビザ ①
短期簽證	短期滞在ビザ (たんきたいざい)
學生簽證	学生ビザ (がくせい) ⑤
觀光簽證	観光ビザ (かんこう) ⑤
免簽證	ビザ免除 (めんじょ) ③

護照	りょけん 旅券[0]、パスポート[3]
IC 護照	りょけん IC旅券、 ICパスポート
入境管理	にゅうこくかんり 入国管理[5]
入境檢查	にゅうこくしんさ 入国審査[5]
出境檢查	しゅっこくしんさ 出国審査[5]
入境申請表	にゅうこく 入国カード[5]
出境申請表	しゅっこく 出国カード[5]
海關申請表	ぜいかんしんこくしょ 税関申告書[0]
入境章	にゅうこくしょういん 入国証印[5]
出境章	しゅっこくしょういん 出国証印[5]

搭乘交通工具

機艙內	きない 機内 ①
頭等艙	ファーストクラス ⑤
商務艙	ビジネスクラス ⑤
經濟艙	エコノミークラス ⑥
經濟艙症候群	エコノミークラス しょうこうぐん 症候群 ⑪
靠窗的座位	まどがわせき 窓側席 ④
靠走道的座位	つうろがわせき 通路側席 ⑤
洗手間	けしょうしつ 化粧室 ②
緊急出口	ひじょうぐち 非常口 ②
置物櫃	にもつだな 荷物棚 ⓪

搭乘交通工具

遮陽罩	ブラインド [0]
椅背	背(せ)もたれ [2]
小桌子	テーブル [0]
安全帶	シートベルト [4]
腳踏板	フットレスト [1]
呼叫按鈕	呼(よ)び出(だ)しボタン [5]
讀書燈按鈕	読書灯(どくしょとう)スイッチ [6]
耳機	ヘッドホン [3]
小枕頭	枕(まくら) [1]
毯子	毛布(もうふ) [1]

搭乘交通工具

救身衣	きゅうめいどうい 救命胴衣 5
氧氣罩	さんそ 酸素マスク 4
機艙內服務	きない 機内サービス 4
飛機餐	きないしょく 機内食 3 2
飛機上的電影	きないえいが 機内映画 4
暈時差	じさぼ 時差惚け 0
暈機	ひこうきよ 飛行機酔い 0
嘔吐袋	は ぶくろ 吐き 袋 3
機長	パイロット 1 3
空中小姐	スチュワーデス 3

空中少爺	スチュワード ③
客艙服務員	キャビンアテンダント ⑤
起飛	りりく 離陸 ⓪
降落	ちゃくりく 着陸 ⓪
緊急降落	きんきゅうちゃくりく 緊急着陸 ⑤
飛行路線	ひこうけいろ 飛行経路 ④
飛行時間	ひこうじかん 飛行時間 ④

搭乘交通工具

❷搭車用語

搭巴士、公車	バスに乗る
機場巴士	リムジンバス [5]
高速巴士	こうそく 高速バス [5]
市内巴士	しない 市内バス [4]
東京都營巴士	とえい 都営バス [4]
長距離巴士	ちょうきょり 長距離バス [5]
免費巡迴巴士	むりょうじゅんかい 無料巡回バス [8]
定期觀光巴士	ていきかんこう 定期観光バス [8]
巴士等候處	まちあいじょ バス待合所

搭乘交通工具

公車站	ていりゅうじょ 停留所 [0][5]
剪票口	かいさつぐち 改札口 [5]
自動剪票機	じどうかいさつき 自動改札機 [7]
定期票	ていきけん 定期券 [3]
同一費用	どういつりょうきん 同一料金 [5]
預付卡	プリベイトカード [6]
一日乘車票	いちにちじょうしゃけん 一日乗車券 [7]
二日乘車票	ふつかじょうしゃけん 二日乗車券 [6]
讀卡機	よ と き 読み取り機 [4]
收費箱	りょうきんばこ 料金箱 [4]

搭乘交通工具

零錢兌換機	りょうがえき 両替機 4
搭電車	でんしゃ の 電車に乗る
都營電車	とでん 都電 0
都營地鐵	とえいちかてつ 都営地下鉄 4
特急電車	とっきゅうでんしゃ 特急電車 5
自由座	じゆうせき 自由席 2
指定座	していせき 指定席 2
頭等座	せき グリーン席 2
頂級車廂	グランクラス 4
車票	チケット 2 1、 じょうしゃけん 乗車券 0 3

搭乘交通工具

單程票	かたみちじょうしゃけん 片道乗車券 [0]
來回票	おうふく きっぷ 往復切符 [5]
特急車票	とっきゅうけん 特急券 [3]
臥鋪票	しんだいけん 寝台券 [3]
指定座位票	ざせきしていけん 座席指定券 [0][5]
回數票	かいすうけん 回数券 [3]
定期票	ていきじょうしゃけん 定期乗車券 [0][6]
磁卡車票	じ き 磁気カード じょうしゃけん 乗車券
優惠車票	おトクなきっぷ [0]
自動售票機	じどうけんばいき 自動券売機 [6]

搭乘交通工具

觸碰式自動售票機	タッチパネル式の じどうけんばいき 自動券売機 [15]
票價表	りょうきんひょう 料　金　表 [0]
路線	ルート [1]
路線圖	ろせんず 路線図 [2]
乘車區間	じょうしゃくかん 乗車区間 [4]
票價按鍵	りょうきん 料金パネル [5]
櫃檯	カウンター [0]
補票處	せいさんじょ 精算所 [0][5]
寄物櫃	ロッカー [1]
行李暫存處	にもついちじあず　　しょ 荷物一時預かり所

詢問處	インフォメーション 4
預約訂票	チケットの予約（よやく）
申請表	申（もう）し込（こ）み用紙（ようし） 6
乘車日期	乗車日（じょうしゃび） 3
列車名稱	列車（れっしゃ）の名前（なまえ） 0
列車號次	列車番号（れっしゃばんごう） 4
出發地	出発地（しゅっぱつち） 5
目的地	目的地（もくてきち） 4 3
前往的目的地	行（ゆ）き先（さき） 0
時刻表	時刻表（じこくひょう） 0

列車、火車	れっしゃ 列車 [0][1]
觀光列車	かんこうれっしゃ 観光列車 [5]
各站停車的列車	かくえきていしゃ 各駅停車 [5]
普通列車	ふつうれっしゃ 普通列車 [4]
通勤列車	つうきんれっしゃ 通勤列車 [5]
快車	きゅうこう 急行 [0]
特快車	とっきゅう 特急 [0]、 とくべつきゅうこうれっしゃ 特別急行列車 [9]
頭等車	しゃ グリーン車 [2]
夜行列車、夜車	やこうれっしゃ 夜行列車 [4]、 よぎしゃ 夜汽車 [1]

搭乘交通工具

臥舖車	しんだいれっしゃ 寝台列車 ⑤
瞭望車	てんぼうしゃ 展望車 ③
餐車	しょくどうしゃ 食堂車 ③
女性專用車廂	じょせいせんようしゃりょう 女性専用車両 ⑧

搭乘交通工具

❸日本主要鐵路路線

國鐵・JR線 路名	こくてつ　　　せんろめいしょう 国鉄・JR線路名称
東海道線	とうかいどうせん 東海道線 [0]
北陸線	ほくりくせん 北陸線 [0]
高山線	たかやません 高山線 [0]
中央東線	ちゅうおうとうせん 中央東線 [5]
中央西線	ちゅうおうさいせん 中央西線 [5]
中央線	ちゅうおうせん 中央線 [0]
阪鶴線	さかつるせん 阪鶴線 [0]
山陽線	さんようせん 山陽線 [0]
山陰線	さんいんせん 山陰線 [0]

搭乘交通工具

關西線	かんさいせん 関西線 ⓪
紀勢線	きせいせん 紀勢線 ⓪
東北線	とうほくせん 東北線 ⓪
磐越線	ばんえつせん 磐越線 ⓪
奧羽線	おううせん 奥羽線 ⓪
羽越線	うえつせん 羽越線 ⓪
陸羽線	りくうせん 陸羽線 ⓪
信越線	しんえつせん 信越線 ⓪
總武線	そうぶせん 総武線 ⓪
予讚線	よさんせん 予讃線 ⓪

搭乘交通工具

高德線	こうとくせん 高德線 ⓪
德島線	とくしません 徳島線 ⓪
土讚線	どさんせん 土讃線 ⓪
人吉線	ひとよしせん 人吉線 ⓪
川内線	かわないせん 川内線 ⓪
長崎線	ながさきせん 長崎線 ⓪
久大線	きゅうだいせん 久大線 ⓪
豐肥線	ほうひせん 豊肥線 ⓪
日豐線	にっぽうせん 日豊線 ⓪
筑豐線	ちくほうせん 筑豊線 ⓪

搭乘交通工具

鹿兒島線	かごしません 鹿児島線 [0]
宮崎線	みやざきせん 宮崎線 [0]
函館線	はこだてせん 函館線 [0]
室蘭線	むろらんせん 室蘭線 [0]
日高線	ひだかせん 日高線 [0]

搭乘交通工具

❹東京電車路線

東京Monorail	とうきょう 東京モノレール [7]
多摩都市 Monorail	たま と し 多摩都市モノレール [7]
都營地下鐵	と えい ち か てつ 都営地下鉄 [4]
大江戶線	おお え ど せん 大江戸線 [0]
淺草線	あさくさせん 浅草線 [0]
三田線	み た せん 三田線 [0]
新宿線	しんじゅくせん 新宿線 [0]
荒川線	あらかわせん 荒川線 [0]
東京Metro	とうきょう 東京メトロ [5]
銀座線	ぎんざせん 銀座線 [0]

搭乘交通工具

日比谷線	ひびやせん 日比谷線 [0]
東西線	とうざいせん 東西線 [0]
千代田線	ちよだせん 千代田線 [0]
有樂町線	ゆうらくちょうせん 有楽町線 [0]
半藏門線	はんぞうもんせん 半蔵門線 [0]
南北線	なんぼくせん 南北線 [0]
副都心線	ふくとしんせん 副都心線 [4]
JR東日本	ひがしにほん JR東日本
東海道本線	とうかいどうほんせん 東海道本線 [7]
山手線	やまのてせん 山手線 [0]

搭乘交通工具

南武線	なんぶせん 南武線 [0]
武藏野線	むさしのせん 武蔵野線 [0]
橫濱線	よこはません 横浜線 [0]
橫須賀線	よこすかせん 横須賀線 [0]
中央本線	ちゅうおうほんせん 中央本線 [5]
中央線	ちゅうおうせん 中央線 [0]
總武線	そうぶせん 総武線 [0]
總武本線	そうぶほんせん 総武本線 [4]
青梅線	おうめせん 青梅線 [0]
五日市線	いつかいちせん 五日市線 [0]

八高線	はちこうせん 八高線 [0]
東北本線	とうほくほんせん 東北本線 [5]
常磐線	じょうばんせん 常磐線 [0]
埼京線	さいきょうせん 埼京線 [0]
高崎線	たかさきせん 高崎線 [0]
京葉線	けいようせん 京葉線 [0]
成田線	なりたせん 成田線 [0]
京賓東北線	けいひんとうほくせん 京浜東北線 [0]
東武鐵道	とうぶてつどう 東武鉄道 [4]
東上線	とうじょうせん 東上線 [0]

搭乘交通工具

伊勢崎線	いせさきせん 伊勢崎線 ⓪
龜戶線	かめいどせん 亀戸線 ⓪
大師線	だいしせん 大師線 ⓪
西武鐵道	せいぶてつどう 西武鉄道 ④
池袋線	いけぶくろせん 池袋線 ⓪
有樂町線	ゆうらくちょうせん 有楽町線 ⓪
豐島線	としません 豊島線 ⓪
山口線	やまぐちせん 山口線 ⓪
新宿線	しんじゅくせん 新宿線 ⓪
拜島線	はいじません 拝島線 ⓪

西武園線	せいぶえんせん 西武園線 4
國分寺線	こくぶんじせん 国分寺線 0
多摩湖線	たまこせん 多摩湖線 0
多摩川線	たまがわせん 多摩川線 0
京城電鐵	けいせいでんてつ 京成電鉄 5
京成本線	けいせいほんせん 京成本線 5
押上線	おしあげせん 押上線 0
金町線	かなまちせん 金町線 0
京王電鐵	けいおうでんてつ 京王電鉄 5
京王線	けいおうせん 京王線 0

搭乘交通工具

相模原線	さがみはらせん 相模原線 0
高尾線	たかおせん 高尾線 0
競馬場線	けいばじょうせん 競馬場線 0
動物園線	どうぶつえんせん 動物園線 0
井頭線	い かしらせん 井の頭線 0
小田急電鐵	おだきゅうでんてつ 小田急電鉄 5
小田原線	おだわらせん 小田原線 0
多摩線	たません 多摩線 0
東急電鐵	とうきゅうでんてつ 東急電鉄 5
東橫線	とうよこせん 東横線 0

目黑線	めぐろせん 目黒線 [0]
田園都市線	でんえんとしせん 田園都市線 [0]
大井町線	おおいまちせん 大井町線 [0]
池上線	いけがみせん 池上線 [0]
多摩川線	たまがわせん 多摩川線 [0]
世田谷線	せたがやせん 世田谷線 [0]
京急電鐵	けいきゅうでんてつ 京急電鉄 [5]
京急本線	けいきゅうほんせん 京急本線 [5]
空港線	くうこうせん 空港線 [0]

日語單字速讀

交通設施

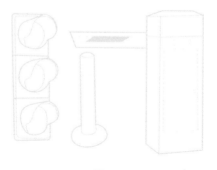

Transport

交通設施

港口	みなと 港 ⓪
碼頭	ふとう 埠頭 ⓪、 はとば 波止場 ⓪、 さんばし 桟橋 ⓪
防波堤	ぼうはてい 防波堤 ⓪
燈塔	とうだい 灯台 ⓪
船塢	ドック ①
倉庫	そうこ 倉庫 ①
鐵道	てつどう 鉄道 ⓪
鐵軌	せんろ 線路 ①
火車站	えき 駅 ①
乘車處	の ば 乗り場 ⓪

行的相關用語

月臺	ホーム ①
剪票口	かいさつぐち 改札口 ⓪
失物招領處	いしつぶつとりあつかいじょ 遺失物取扱所 ⓪
手扶梯	エスカレーター ④
電梯	エレベーター ③
平交道	ふみきり 踏切 ⓪
道路	どうろ 道路 ①
地下道	ちかどう 地下道 ②
隧道	トンネル ⓪、ずいどう 隧道 ⓪
海底隧道	かいてい 海底トンネル ⑤

交通設施

人行道	歩道 ⓪ ほどう
行人穿越道、斑馬線	横断歩道 ⑤ おうだんほどう
行人徒步區	歩行者天国 ⑤ ほこうしゃてんごく
十字路口	交差点 ⓪③ こうさてん
信號燈、紅綠燈	信号機 ③ しんごうき
加油站	ガソリンスタンド ⑥
高速公路	高速道路 ⑤ こうそくどうろ
高速公路通行費	高速道路通行料 こうそくどうろつうこうりょう
收費站	料金所 ⓪ りょうきんじょ
停車場	駐車場 ⓪ ちゅうしゃじょう

行的相關用語

交流道	インターチェンジ [5]
高速公路服務區、休息站	サービスエリア [5]
橋	はし 橋 [2]
天橋	ほどうきょう 歩道橋 [0]
吊橋	つりばし 吊橋 [0]
鐵橋、鐵路橋	てっきょう 鉄橋 [0]

行的相關用語

Transport

行的相關用語

❶步行相關用語

走路	歩行[0]、歩く[2]、徒歩[1]
散步	散歩[0]、散策[0]
漫步	ランブリング[0]
健走	ウオーキング[0][2]
競走	競歩[1]
跑步	走る[2]
慢跑	ジョギング[0]
短跑	短距離走[4]
100公尺短跑	100メートル競走[6]

交通設施

長跑	長距離走 ₄ ちょうきょりそう

長跑 — 長距離走 [4]（ちょうきょりそう）

馬拉松 — マラソン [0]

遠足 — ハイキング [1]

徒歩旅行 — 徒歩旅行 [3]（とほりょこう）

郊遊 — ピクニック [1][3][2]

登山 — 登山 [1][0]（とざん）

登山健行 — トレッキング [2]

歩道 — 歩道 [0]（ほどう）

自然歩道 — 自然歩道 [4]（しぜんほどう）

登山歩道 — 登山道 [2]（とざんどう）

行的相關用語

❷自行車相關用語

車架	フレーム ⓪②
前叉	フロントフォーク ⑤
把手	ハンドルバー ⑤
坐墊	サドル ⓪
腳踏板	ペダル ⓪
曲柄、曲軸	クランク ②
中軸	ボトムブラケット ⑥
鏈條	チェーン ①
齒盤	スプロケット ④
花鼓	ハブ ①

輻條	スポーク[2]
輻帽	スポークニップル[5]
鋼圈	リム[1]
車輪	じてんしゃよう 自転車用タイヤ[7]、 ホイール[2]
內胎	チューブ[1]
打氣孔	バルブ[0]
煞車	ブレーキ[2][0]
前車燈	ぜんしょうとう 前照灯[0]
尾燈	びとう 尾灯[0]
前反光片	フロントリフレクター[8]

行的相關用語

後叉反光片	リヤリフレクタ⑥
車鈴	ベル①
擋泥板	泥除け⓪④、 マッドガード④ （どろよ）
自行車停車架	スタンド⓪
後照鏡	バックミラー④
自行車避震器	自転車サスペンション⑦ （じてんしゃ）
輪軸	車軸⓪ （しゃじく）
變速器	変速機④③ （へんそくき）
打氣筒	空気入れポンプ⑥、 エアポンプ③ （くうきい）

交通設施

| 騎自行車旅遊 | サイクリング [1] |

行的相關用語

❸汽車相關用語

車體外部	しゃたい がいぶ 車體の外部 [5]
車牌	ライセンスプレート [7]
保險桿	バンパー [1]
前大燈	ヘッドライト [4]、ヘッドランプ [4]
鹵素前照燈	ハロゲンヘッドランプ [8]
氙氣前照燈	キセノンヘッドライト [8]
啓閉式頭燈	リトラクタブルヘッドライト [8]
遠光燈	ハイビーム [3]
擋風玻璃	ウインドシールドガラス [9]

雨刷	ワイパー[1]
雨刷片	ワイパーブレード[6]
天窗	サンルーフ[3]
電動車窗	パワーウインドウ[5]
車頂行李架	ルーフラック[4]
輪胎	タイヤ[0]
再生胎	さいせい 再生タイヤ[5]
車輪蓋	ホイールキャップ[5]
擋泥板	フェンダー[0][1]、 どろよ 泥除け[0][4]
門鎖	ドアロック[3]

日語單字速讀 行

069

行的相關用語

門把	取っ手 ③
車門	ドア ①
滑動式車門	スライドドア ⑤
後照鏡	ドアミラー ③
電動後照鏡	電動ドアミラー ⑦
折疊式後照鏡	可倒式ミラー ⑦
加油口	オイルフィラー ④、給油口 ⓪
行李箱	トランク ②
後擾流板	リアスポイラー ④
後組合燈	リアコンビネーションランプ ⑩

交通設施

尾燈	テールランプ ④
倒車燈	バックランプ ④
警示燈	ハザードランプ ⑤
霧燈	フォグランプ ③
車體內部	車體の内部 ⑤
儀表板	ダッシュボード ④
車速表	スピードメーター ⑤
轉速表	タコメーター ③
里程表	オドメーター ③
防盜系統	盜難防止装置 ⑧

車體の内部 — しゃたい ないぶ

盜難防止装置 — とうなんぼうしそうち

行的相關用語

衛星導航系統	えいせいそくい 衛星測位システム ⑧
油表	ねんりょうけい 燃料計 ⓪
除霧器	デフォッガー ②
後窗除霧器	リアウインドウデフォッガー ⑨
煞車燈	ブレーキランプ ⑤
自動空調裝置	オートエアコン ④
出風口	ベント ⓪
方向盤	ハンドル ⓪
動力轉向	パワーステアリング ⑤
變速桿	チェンジレバー ④

交通設施

手動變速器	マニュアルトランスミッション [9]
自動變速器	オートマトランスミッション [9]
離合器	クラッチ [2]
離合器踏板	クラッチペダル [5]
煞車踏板	ブレーキペダル [5]
油門踏板	アクセルペダル [5]
座位調節裝置	シートアジャスター [5]
長座椅	ベンチシート [4]
兒童安全座椅	チャイルドシート [5]
電動座椅	パワーシート [4]

行的相關用語

椅套	シートカバー④
安全帶	シートベルト④
安全氣囊	エアバッグ③
地墊	フロアマット④
後照鏡	バックミラー④
車廂內後視鏡	ルームミラー④
梳妝鏡	バニティミラー④
光碟自動換片機	CDオートチェンジャー
門燈	ドアランプ③

引擎	エンジン [1]
往復式引擎	レシプロエンジン [5]
混合式引擎	ハイブリッドエンジン [7]
汽油引擎	ガソリンエンジン [5]
柴油引擎	ディーゼルエンジン [5]
四衝程引擎	４サイクルエンジン [7] (よん)
火星塞	点火プラグ [4] (てんか)
白金火星塞	白金スパークプラグ [9] (プラチナ)
活塞	ピストン [1]

行的相關用語

活塞環	ピストンリング⑤
渦輪增壓器	ターボチャージャー④
機械增壓器	スーパーチャージャー⑤
中央冷卻器	インタークーラー⑤
進氣閥	インテークバルブ⑥
排氣閥	エキゾーストバルブ⑦
排氣管	エキゾーストパイプ⑦
化油器	キャブレター③
壓縮機	コンプレッサー④
空氣濾淨器	エアフィルター③

交通設施

機油濾淨器	オイルフィルター [4]
交流發電機	オルタネーター [4]
配電器	ディストリビューター [5]
排氣量	はいきりょう 排気量 [3]
汽缸容量	シリンダー容積 [6] ようせき
蓄電池	バッテリー [0][1]
散熱器	ラジエーター [3]
燃油幫浦	フューエルポンプ [5]
引擎潤滑油	エンジンオイル [5]
油位計	オイルレベルゲージ [7]

行的相關用語

避震器	ショックアブソーバー[6]
煞車油	ブレーキオイル[5]
有鉛汽油	有鉛（ゆうえん）ガソリン[5]
無鉛汽油	無鉛（むえん）ガソリン[4]、レギュラーガソリン[5]
高辛烷汽油	ハイオクガソリン[5]
柴油	ディーゼル油（ゆ）[4]
汽車蠟	自動車用（じどうしゃよう）ワックス[7]
滅音器	マフラー[1]
防鎖死煞車系統	ＡＢＳ、アンチロックブレーキシステム[11]

交通設施

倒車感應裝置	バックソナー ④
其他	<ruby>他<rt>ほか</rt></ruby> ⓪
空檔	ニュートラルギア ⑥
倒檔	バックギア ④
低速檔、一檔	ローギア ③
二檔	セカンドギア ⑤
車輪定位	ホイールアライメント ⑥
胎面花紋	トレッドパターン ⑥
胎面磨損指示	スリップサイン ⑤

行的相關用語

最高車速限制	最高速度[5]、制限速度[5]
最低車速限制	最低速度[5]
空轉、怠速	アイドリング[10]
爆胎	バースト[1]
空轉	ホイールスピン[6]
側傾	ロール[10]

Transport

會話 生活會話

Phrases

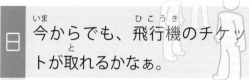

日	いま 今からでも、飛行機のチケットが取れるかなぁ。
中	現在去訂還能訂到機票嗎？

日	かくやすこうくうけん 格安航空券はどこで買えるのかしら。
中	廉價機票要在哪裡買呢？

日	とうきょうはつたいぺいゆ 東京発台北行きの便を予約したいのですが。
中	我想預訂從東京出發到台北的飛機。

日	きょう ふんぱつ 今日は奮発して、ビジネスクラスにするぞ。
中	今天豁出去了，就來訂商務艙吧！

日	かんこうきゃく と ひつよう 観光客がビザを取る必要はありますか。
中	觀光客需要辦簽證嗎？

生活會話

日 滞在期間を延長することはできますか。

中 可以延長停留期間嗎？

日 窓側席お願いします。

中 請給我靠窗的位子。

日 このカバンが荷物棚に入りません。

中 這個包包放不進置物架。

日 入国カードをください。

中 請給我入境卡。

日 免税品はどこで受け取れるのですか。

中 在哪裡可以買到免稅商品？

生活會話 會話

085

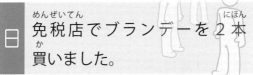

日 免税店でブランデーを2本買いました。

中 在免稅商店買了2瓶白蘭地。

日 税関申告書を書く必要があるのかな。

中 需要填寫海關申報表嗎？

日 今のアナウンス、何て言ったんだろう。

中 剛剛的廣播在說什麼？

日 毛布をください。

中 請給我毛毯。

日 このヘッドホンが壊れちゃった。

中 這個耳機壞了。

生活會話

日 出発ロビーはどちらですか。
しゅっぱつ

中 請問出境大廳在哪裡？

日 これは私の荷物預り証です。
わたし　にもつあずか　しょう

中 這是我的行李票。

日 今日の機内食は本当にまずかった。
きょう　きないしょく　ほんとう

中 今天的飛機餐真的很難吃。

日 時差ぼけは確実だな。
じさ　かくじつ

中 真的會有時差。

日 地下鉄で行くのはどうですか。
ちかてつ　い

中 搭地鐵去如何？

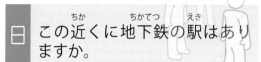

日 この近くに地下鉄の駅はありますか。

中 這附近有地鐵車站嗎？

日 切符の買い方を教えてください。

中 請告訴我買票的方法。

日 自動券売機はどう使えばいいんですか。

中 要怎麼使用自動售票機？

日 地下鉄の路線図をください。

中 請給我地鐵的路線圖。

日 往復切符をお願いします。

中 請給我來回票。

生活會話　會話

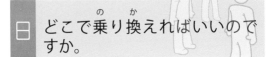

| 日 | どこで乗り換えればいいのですか。 |
| 中 | 要在哪裡換車才好？ |

| 日 | 秋葉原で山手線に乗り換えてください。 |
| 中 | 請在秋葉原轉搭山手線。 |

| 日 | 運賃を精算したいのですが。 |
| 中 | 我想補票。 |

| 日 | この切符は中央線は使えません。 |
| 中 | 這張票不能在中央線使用。 |

| 日 | 路面電車に一度乗ってみたいわ。 |
| 中 | 好想搭一次路面電車看看。 |

生活會話 會話

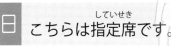

日 こちらは指定席です。

中 這邊是指定席。

日 タクシーで行こうよ。

中 搭計程車去啦。

日 タクシーを拾わなくちゃ。

中 得招計程車了。

日 レンタカーを予約したいのですが。

中 我想預約租車。

日 オートマチック車はありますか。

中 請問有自排車嗎？

日 運転免許証を見せてください。

中 請給我看您的駕照。

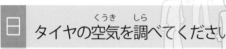

日 タイヤの空気を調べてください。

中 請幫我檢查輪胎裡的氣。

日 エンジンがかからないな。

中 車子發不動。

日 この車の燃料計が壊れています。

中 這部車的油表壞了。

日 駐車場は満車だ。

中 停車場客滿了。

日 どこで高速道路を降りればいいのかな。

中 要在哪裡下高速公路才好？

日 私はジョギングが好きです。

中 我喜歡慢跑。